西顿动物小说全集

QILINGEMU DE GONGNIU

契林戈姆的公牛

彩绘版

[加] 欧·汤·西顿 著
于春华 绘 王晓丹 孙淇 译

接力出版社
Publishing House

图书在版编目（CIP）数据

契林戈姆的公牛 /（加）欧·汤·西顿著；于春华绘；王晓丹，孙淇译. —南宁：接力出版社，2020.1
（西顿动物小说全集：彩绘版）
ISBN 978-7-5448-6335-3

Ⅰ.①契… Ⅱ.①欧…②于…③王…④孙… Ⅲ.①儿童小说-短篇小说-小说集-加拿大-现代 Ⅳ.①I711.84

中国版本图书馆CIP数据核字（2019）第195892号

责任编辑：李茗抒　　美术编辑：刘　悦
责任校对：高　雅　　责任监印：刘　冬
社长：黄　俭　　总编辑：白　冰
出版发行：接力出版社　　社址：广西南宁市园湖南路9号　　邮编：530022
电话：010-65546561（发行部）　　传真：010-65545210（发行部）
http: //www.jielibj.com　　E-mail: jieli@jielibook.com
经销：新华书店　　印制：北京博海升彩色印刷有限公司
开本：710毫米×1000毫米　1/16　　印张：7　　字数：70千字
版次：2020年1月第1版　　印次：2023年6月第3次印刷
印数：11 001—15 000册　　定价：26.00元

序

自然界里的动物世界充满了生命之谜。探索和揭示动物生命之谜的主要有两类人：一类是动物学方面的科学家，另一类则是描写动物生活的文学家。后一类人写的文学作品叫作动物文学。

动物文学作家不仅熟知他所描写的动物的普遍的自然生活习性，而且能够抓住笔下动物的个性，把这个动物的性格或内心情感表现出来，以感染和打动读者。

动物的内心世界也是富有情感的，动物文学作家是具有特异本领的人，他们对动物生活进行深入、细致的观察和体会，并且通过描写动物行为，把动物的情感世界展示出来。

加拿大的欧·汤·西顿被誉为动物小说之父，他开创了动物小说这一崭新的文体，并成为这种文体的经典性作家，在世界儿童文学史上具有不可撼动的崇高地位。

阅读西顿的动物小说，我们会发现：动物像我们人类一样，有着爱情、亲情、友情；像我们人类一样，竭尽全力地生活着，奋斗着，直到走完自己的一生。

西顿的动物小说具有独特的人文思想价值和艺术审美价值。

在人类认识自身心灵的历史过程中，对动物的发现，促使人类摆脱了人类沙文主义思想。在人类秉持自己是自然的征服者这一人类沙文主义思想的时代，动物被视为可以任凭人类生杀予夺的劣等存在！

而西顿早就敢于向人类沙文主义思想说“不”。他在文学领域，最早和真正发现了动物生命的尊贵性。在人类满不在乎地杀害动物的时代，西顿写下

了动物小说，告诉人们：动物与人类一样，是尊贵的生物，动物的生命值得我们人类深深地敬畏和学习。他的自然观并不否定达尔文学说的基础：生存竞争，自然淘汰；野兽内部有规律的相互关系；对自然条件的适应能力支配着整个动物界，凭借人类的主观愿望无法改变这一切。不过，西顿深厚的人道主义思想广及动物世界，他挖掘出了动物生命中的可贵品质，从而为人类检视自身立起了一面镜子。

西顿动物小说具有独特的审美价值。他带我们走进他的作品——一个未知的、崭新而辽阔的艺术世界，使我们获得了描写人的文学所无法给予的独特的审美体验和艺术感动。我们被他的作品所描写和表现的富于灵性的动物的生命世界所吸引和迷醉，为动物生命的神秘而震惊，为动物生命的尊严而感动。我们抚怀感喟，唏嘘不已。我们的审美视野因那些作为自然的另一部分的动物形象而变得辽阔和深邃，我们对生命的理解和感受因来自动物的馈赠而变得更为丰富和完整。

中国海洋大学教授
新闻传播学院院长
儿童文学研究所所长
博士生导师

朱自强

目录

契林戈姆的公牛

一　走进森林

很多朋友都这样问我："你去调查动物的时候，有没有碰到过危险？说来听听吧。"

我知道，其实他们就是想听听我在野外被动物袭击或追赶时，那种提心吊胆的经历。

每次我的回答都差不多："嗨，这种事我还没有碰到过呢。我一个人在美洲大陆从东走到西，每晚在森林中过夜也很舒服。而且我从不向那些野生动物开枪。"

话虽这么说，不过还真有一次，我差点儿就被野生动物给袭击了。

那是一九一三年，住在英国契林戈姆城的坦卡毕尔邀请我带着家人到他那儿去。那里的城主有一座森林，是一个被围起来的禁园，林中安排了值班人，轻易不让外人进入。禁园里有极其罕见的野牛，城主曾邀请我去参观。

那种野牛从前在欧洲北部的森林里有很多，经常能看到。现在却变少了，只在英国北部还残存一些。据说，契林戈姆城森林禁园里就有这种牛。

野牛是我们现在喂养的牛的祖先。很久以前，它们有很多种毛色，如褐色、深棕色等，但经过人类长年饲养，它们都渐渐变成了同一种颜色——全身发白，只有耳朵还带有一些红色。

能研究牛的著名祖先，还有比这更让人高兴的事吗？于是，我立刻动身了。

一到那座城市，我立刻找了一个向导，他的名字叫利，是那个森林禁园的看护人。我让他带我去了森林。

森林禁园的中心有一片宽阔的草原，一条小河在草原上流过。野牛好像很喜欢这片草原。

我在森林里一边往前走，一边仔细观察草原上的牛群。这些牛的动作和叫声，同我在美国西部的牧场上见惯的牛极为相似。

所以，不一会儿，我就自认为已经了解了野牛的习性。

二　给牛拍照

当时正是五月，是母牛生小牛的时节。母牛想保护孩子，脾气变得尤其暴躁。小牛紧跟在母牛身旁，一旦有敌人走近，母牛就会立刻展开攻势。

牛群也有强弱之分。它们行进的队伍是由弱到强依序排列的。最强的公牛是首领。平时，年老的母牛都走在队伍的最前头，首领则走在队伍的后面，以此保护牛群。

公牛首领要时刻保持警惕，以防其他公牛侵犯自己的首领地位。如果某头小公牛和它决斗取胜了，那么它就会失去首领地位，就要被逐出牛群，孤单地在森林里或草原上四处游荡。

有一天，我在森林边就发现了一头被从牛群里赶出来的老公牛。我尽量向它靠近，准备拍一些照片。

我想先从森林边给它拍一张，然后再走近拍一张。在向它走近之前，我留了个心眼儿，事先

在森林边挑选好一棵树，如果那头牛向我冲过来，我就往那棵树后面躲。

都准备好了，我就向它走了过去，在距它三十米左右的地方拍了两张照片。等它低头吃草时，我又悄悄地走过去一些，站在离它九米远的地方。

公牛仰起头来，在我给它拍照时还一直在盯着我看，那样子像是在想：这个人在干什么呢？

公牛好像一点儿也没生气。

正在这时，我听到后面响起一声轻轻的口哨。我慢慢回过头去，看到守林员利正在示意我回去。

我趁着那头牛还在盯着我看，就一点儿一点儿地向后退去，身体仍一直正对着它。在我往后退的这段时间里，它都一直盯着我，直到我回去，它才又低下头吃草了。

“你知不知道自己在做一件非常危险的事？！”守林员利对我说。

“是吗？可我拍到了珍贵的照片啊！”我说。

三　挑战牛群首领

第二天，牛群里弥漫着一种动荡不安的气氛。牛群里有很多头小公牛，其中一头看上去是那么兴奋和不安。看样子它是无论如何也要向牛群首领挑战一次了。

公牛之间的战斗有很严格的规矩。首先，挑起这次战斗

的一方要用庄严的声音吼叫一声，然后，一边叫一边用前蹄刨地，直到把土刨到背上；等它停止刨土后，便把头向上抬起，像吹喇叭一样用高亢的声音吼起来：

“哞哞，哞哞，哞哞……”那意思是说：“喂，你不想干上一场吗？”

小公牛一边吼叫一边扬土，最后发出了挑战的叫声。可是不知怎的，被挑战的

公牛首领就像不知道有这么回事一样，它只顾埋头吃草。

小公牛向它的首领靠过去，向前走出了十步远，站定后又把这些规矩重复了一遍，但牛群首领仍然没有停止吃草。

于是，这头小牛又向前走了十步，距离牛群首领只有二十步远了。在这个地方，小公牛又把老规矩重复了一次。最后，它把前腿的膝盖跪在了地上，用角把土扬到了空中。它又“哞哞，哞哞，哞哞……”地叫了起来。

牛群首领终于不再吃草了。可是，它把头转向了一旁，望向远处的山峰。小公牛也转过头去看另一侧的山峰。

突然，两头牛都把头转回来且迅速朝对方冲去。

只听嘎的一声，牛角和牛角撞到了一起，发出一

种很钝的响声，接着它们叭的一声分离开来，接下来又是嘎的一声。两头牛全力以赴战斗了几个回合。

不一会儿，小公牛就被顶得踉踉跄跄地往后退去。退着退着，就来到了一个陡坡，小公牛在陡坡那儿站立不稳，一下子滑倒了。

此时牛群首领的牛角探进了小牛的腰身底下，一下就把小牛顶了起来。小牛立刻失去平衡，顺着陡坡滚下去。

刚滚到坡底，小公牛就一下子弹跳起来。看上去它没受伤。紧接着，它又哞哞地发出了牛犊子那特有的叫声，溜走了。而牛群首领呢，就跟刚才什么事也没发生一样，又去吃草了。

四　躺倒的小牛

接下来的一天是我在这个禁园待的最后一天，我对利说：

“还剩下三张底片，今天我想拍一些好照片。”

“行啊！那我们这就去吧！”于是，我们俩朝野牛栖息的地方走去。

牛群都集中到了草原正中央，它们看上去很慌乱。

“好像发生了什么事。我们上前去看看吧！得拿好枪啊！”我对利说。然后，我们就一起走进了草原。

牛群见到我们，立刻散开逃走了。空地上只剩下了一头躺倒的牛，就是昨天那头向首领宣战而败下阵来的小公牛。

“哎呀呀，牛群首领终于把这头小牛给弄死了。”守林员利说。

那头牛四脚朝天地躺在地上。为了看清楚一些，我们又往前凑了凑。

突然，本来看上去已经死了的牛，四条腿却动了起来。但不管它再怎么折腾，却仍是躺在原处，因为有一只牛角已经扎进了泥土里，所以，它站不起来了。

它那可怜的模样，就好像刚刚洗过泥浴一样。

如果扔下它不管的话，它是会死的。它腹中的肝脏会压迫到肺，使它不能呼吸。

“咱们帮帮它吧！”守林人利说。

“你想帮就帮吧！但是我说过，只想安安全全地拍几张照片。”我说。

“为什么那么说呢？”

“这家伙起来以后，你应该知道它首先要干什么。”

“哦？要干什么？”

“它一准会扑向你，把你弄死。”我说。

“啊哈，那我倒不怕。”利说完，就朝小公牛走去。

“如果要去的话，最好事先准备好枪，必要的时候就开枪。”我说。

但是利却大笑着走了过去。

“请等一下，我找到了一个好角度，我要拍上一张。”我赶紧抢先拍了一张。

五　遭遇危险

守林员利走到公牛旁就把枪搁在了地上。他抓住了牛尾巴，猛地一下搬动了牛。于是，牛腿啪嗒啪嗒地动了起来，公牛骨碌一下翻了个身，摇摇晃晃地站了起来。然后它转过头去，立刻向利扑了过来。

利抓过枪，想跑掉，我大声喊起来："开枪！开枪！否则你是跑不掉的！"

但是看样子利是蛮有把握自己能逃脱的，他立刻跑了起来，牛紧跟在他后面追了上去。跑了七八米远，利就被公牛追上了，公牛用尽力气向利顶了过来。利向前跌倒了，可是他手里却紧握着枪。公牛又用角向他身上刺去，利就那么脸朝上仰躺着把枪伸了出去，枪尖碰到了牛鼻子。

公牛有点害怕，可是它又跑到了利的后面，用犄角把利的身体顶了起来，并且把他扔出去六米远。

利仰面落到了地上，但是他的枪还握在手里。

"开枪！打它！要不你会死的。"我大声喊，但利还是不开枪。

公牛又冲过去了。利抬起脚，用带有鞋钉的长靴，照着

牛眼睛猛踢一脚。公牛抬起头，喘了一口粗气，转过身去。

这时，公牛发现了我。

这可不得了！公牛瞄准我，向我冲过来。我手里拿的东西只有照相机，根本没有武器和它斗。但是我绝不能跑，这时逃跑是最不明智的。那脱下上衣会怎么样？斗牛士就是挥动手中的布块来躲开牛的袭击的。我脑海中一下子浮现出了这种场景，但是在牛眼前是绝不能动的。

我打算一动不动地站在原地。公牛跑过来，却在距离我三米的地方突然站住了，并且和我对视了很久，之后，它又猛地转身，向它那群伙伴离开的方向走去。

“你为什么不开枪？”我问利。

“我没往枪里装子弹。”利说。

被那头公牛摔出那么远，利却浑身哪儿都没受伤。虽然身体上什么伤也没有，但由于受了这么大的刺激，利变得不太正常了。以后他就一直这样，再也恢复不了正常人的思维了。

与狼共车

一　与狼相遇

朋友邀请我到他居住的地方待上一段时日。他在电话里向我保证："来吧，这里绝不会让你失望。"于是，我背起行囊，来到了他所居住的城市。

那是美国加利福尼亚州乡间的一个牧场，交通不太方便，每次购物都要开车去几十公里外的城市。

有一天，我们一起去城里买些必需品。我们是早上出发的，时值冬日，天黑得早。我们买完东西后马上往回赶。

朋友居住地的自然环境不是很好，植被稀少，接近沙漠地区。一路几乎都是相同的景色。

我们正在百无聊赖地说着笑话的时候，发现有一只灰狼

横立在车的正前方。司机猛踩油门，加快速度，可是狼并没有躲闪。

根据我们的经验，它应该是跑到道路两旁的灌木丛中才对，而这只狼却跟我们玩起赛跑来。

司机来了兴致，他一直加大油门往前开，这只狼呢，也拼命地跑。但它毕竟跑不过汽车，很快就被我们的车追上了。

可这只狼却并不离开大路，它已经挡住了我们的去路，

我们只好把车速放慢，否则，就只能把狼碾在车轮底下了，它不被碾死才怪。

狼边跑边回头看着它的假想敌——我们的汽车。它丝毫没有停下来的念头。

过了一会儿，它就累得跑不动了，长长的舌头伸了出来。它的尾巴也无力地耷拉下来，而刚才还有力地向上翘着。

汽车头眼看就要贴到它的屁股上了，但它仍没有停下来的意思，仍起劲儿地跑着。没多久，它就开始呼哧呼哧地大口喘气了，它的喘息声已经盖过了汽车引擎的声音。

看到这儿，我不能再无动于衷了。于是，我对司机说：

“我们应该把车速放慢些，还应该给狼让开一条路，然后再跟它比赛。这是肉体和机器的较量啊，若是这么跑下去，对狼来说是不公平的。”

司机听从我的建议，方向盘往旁边带了带，这样，汽车就贴着路边行驶了，虽然道路很窄，但总算给狼让出了一段道路。

狼和汽车的比赛正式开始了，这次的比赛相对公平。可汽车毕竟是铁皮和汽油组成的机器，所以，汽车很快就追上了狼。可当汽车与狼并排的时候，让人意想不到的事情发生了。

二 真相大白

本来我们想跟它并排行驶一段时间，可是这只狼却用力

一跳，一下子跳到了汽车的踏板上。当时汽车踏板的宽度足够狼乘坐的了。狼就在那个踏板上趴了下来，还把前爪并在了一起。同时，它伸出长长的舌头，有口水从它的舌尖上滴答滴答地落下来。大概是刚才的比赛太累了，它还在不停地喘着粗气。

看到这里，我把车窗摇了下来，伸出头想去看看这只狼。它就在我这一侧的车窗旁，我们算是并排的。

这只狼长着棕色的眼睛，眼神中没有那种凶猛得想要吃人的气势，也没有愤怒。

于是，我试探着跟它搭起话：“哎，你没有受伤吧？要是受伤的话我会给你治疗的，你放心吧，我们决不会要你的命。”

狼听见我跟它说话，一下子抬起了头，全身的毛都紧张地竖立起来。不过，它看到我根本不像跟它作对的样子，便不再紧张了，很快恢复了平静，脖子上的毛也都伏下，平铺在身上。它此刻的呼吸也平静了很多。

从看到这只狼搭上我们的车的那一刻起，我就有一个念头——想同这只狼交朋友。于是，我一直盯着它的眼睛。从它的眼神中看出，它对我也不反感，而且仿佛读透了我的心思。它大概也想同我交朋友吧？可我不太确定这件事，不管怎么说，与狼交朋友这种事情说来总让人感到不可思议，所以，我显得很迟疑。

可这只狼毕竟同我们待在一辆车上。它随时都可以从车上跳下去，但它并没有这么做。这样，也就让我找到了理由。

我刚要把手伸出窗外，立即被朋友阻止了。

“你想干什么？赶快把手拿回来！”

“我只是想摸摸它的脑袋。”

“它会咬断你的手的！千万别干那种蠢事！”

我不得不收回了即将伸出去的手。我对朋友的话将信将疑，但他的话也不无道理，所以，我最多只能望着狼的脑袋。

之后的那段时间，我一直跟狼说话，我希望它能听懂我的意思，希望它明白我们不是它的敌人。它的眼神很温顺，大概是听懂了我的话吧！

就在我唠唠叨叨地跟它说话的工夫，车子已开出了十几公里的距离。

过了一会儿，就要到牧场了。这只狼使劲盯着我的脸。路过旁边的牧场时，它快速地从车子上跳了下去，向远处目力所及的房子跑去。接着，它在那所房子前的一块垫子上趴了下来。看它的样子，好像是那家养的狗一样。

我恍然大悟，跟我们一起乘车的哪是什么可怕的狼啊，它分明就是一只家养的狗啊！充其量，也就是家养的狗和狼杂交的品种。

可是，它的外表却那么像狼。大概，它仍具有狼的天性吧，只不过被家养的时间长了，也就习惯了人类，进而，也就习惯了人类的汽车。

远古的记忆

一　特殊的气味

在我们的生活中，很多人都有过养宠物的经历，最常见到的宠物恐怕就是各种各样的狗了。而不管是什么品种的狗，在见到人的时候都会晃尾巴。

可是，你知道狗为什么总要晃尾巴吗？

实际上，那是它们的本能。它们的这种动作类似很久很久以前人们摇晃白旗的情形。当然不一定是代表投降，摇白旗表示投降那还是后来的事。

狗的祖先实际上就是狼。狗是人们驯化过来的，在它们还是野生动物时，它们就已经把尾巴当作旗帜来使用了。

在野生动物的世界里，它们把不曾见过的动

物一律视为敌人。通常它们把自己隐藏在草丛或者灌木丛中，以便能够更清楚地掌握对手的情况。

当对手渐渐靠近时，隐藏着的这只狗就已经把对手的情况搞清楚了。

如果走过来的是同类，躲藏起来的狗就会暗自琢磨：它是敌人还是朋友呢？

当对手越来越近，自己迟早会被它发现的时候，还不如自己出来的好，这样也许能够避免一场战斗。于是，隐藏的狗往往就会站起身，一边把腰伸展开，使自己看上去显得高

大威猛些，一边走过去，同时摆出一副战斗的架势。尾巴稍稍抬起，释放出自己的体味，并且借助风把自己的气味传递给对方。

来的那只狗往往也会尽量把腰伸展开，显出高大的样子，不过这一般都是虚张声势，它们不会真的发动攻击。

对峙一会儿后，两只狗都会停下来互相打量对方。它们用鼻子闻着飘散在空气中的气味，彼此仔细观察。

然后，从草丛中出来的那只狗，把用作白旗的尾巴试着左右慢慢地晃动了几下。

只要双方都做出这样的动作，彼此就明白对方已经是朋友了。对方见到这种情形，就会收起战斗的姿势，并以同样的姿势晃动尾巴，发出和解的信号。

人类的军队在战场上作战的时候，一般都身穿迷彩服，因为迷彩服模仿大自然中树丛的颜色，当士兵身着迷彩服隐蔽在树丛中时，衣服上错落的色彩块就会扰乱敌人的视线，敌人就无法把士兵与四周的树丛区分开。军队的将士还都佩戴徽章，把自己的姓氏清清楚楚地印在上面，徽章上有部队、连队的符号，只要一看到这些，就能明白这支部队是哪个国家的，什么军种，属于哪里。

人类的军队用自己的名称、番号、徽章作为标志，那么动物身上的标志是什么呢？它们身上的标志是人类看不到的一种无形的东西。人类是用眼睛去观察、区分对手的。动物则大多是以气味来区分对手的，特别是狗，它们完全根据自己的鼻子来判断是非好坏，根据气味来了解对手。

对狗来说，只有嗅气味才是绝对可信的方法。

当然啦，气味并不是动物的唯一标记，很多动物身上还有特有的符号和标记。动物的身体有各种各样的形状，在大

自然中，它们的身体往往都会同周围的树木、草丛的颜色近似，这样才有利于它们躲藏。

动物们的标记其实就是它们眼睛上特有的白点、白色的嘴唇、白色的尾巴尖等等，这些身体上的标志也能够清楚地将自己和别的动物区分开来。

当然，气味仍然是动物，尤其是狗这类动物最容易区分的特点。在动物世界里，气味一是用来区分动物的种类，二是用来传递信息。

但是狗和其他动物释放气味的部位却不相同。在这些部位当中，最重要的是尾巴上的汗腺。

在对手不了解自己、自己也拿不定主意是否与对手开战时，狗和狼就会把尾巴根向上抬起，同时晃动尾巴。在这个时候，尾巴上尾腺周围的毛就会张开，气味向外释放出来。动物在情绪极高时，就会从尾腺中释放出气味来，这些气味就会告诉对方自己是什么动物了。所以，凡是想要清楚地了解对方的狗，就特别注意从对方尾腺释放出来的气味。

除了尾巴上的腺体，动物体内还有一个非常重要的腺体，从这个腺体里释放出来的气味就同小便一起排出体外。

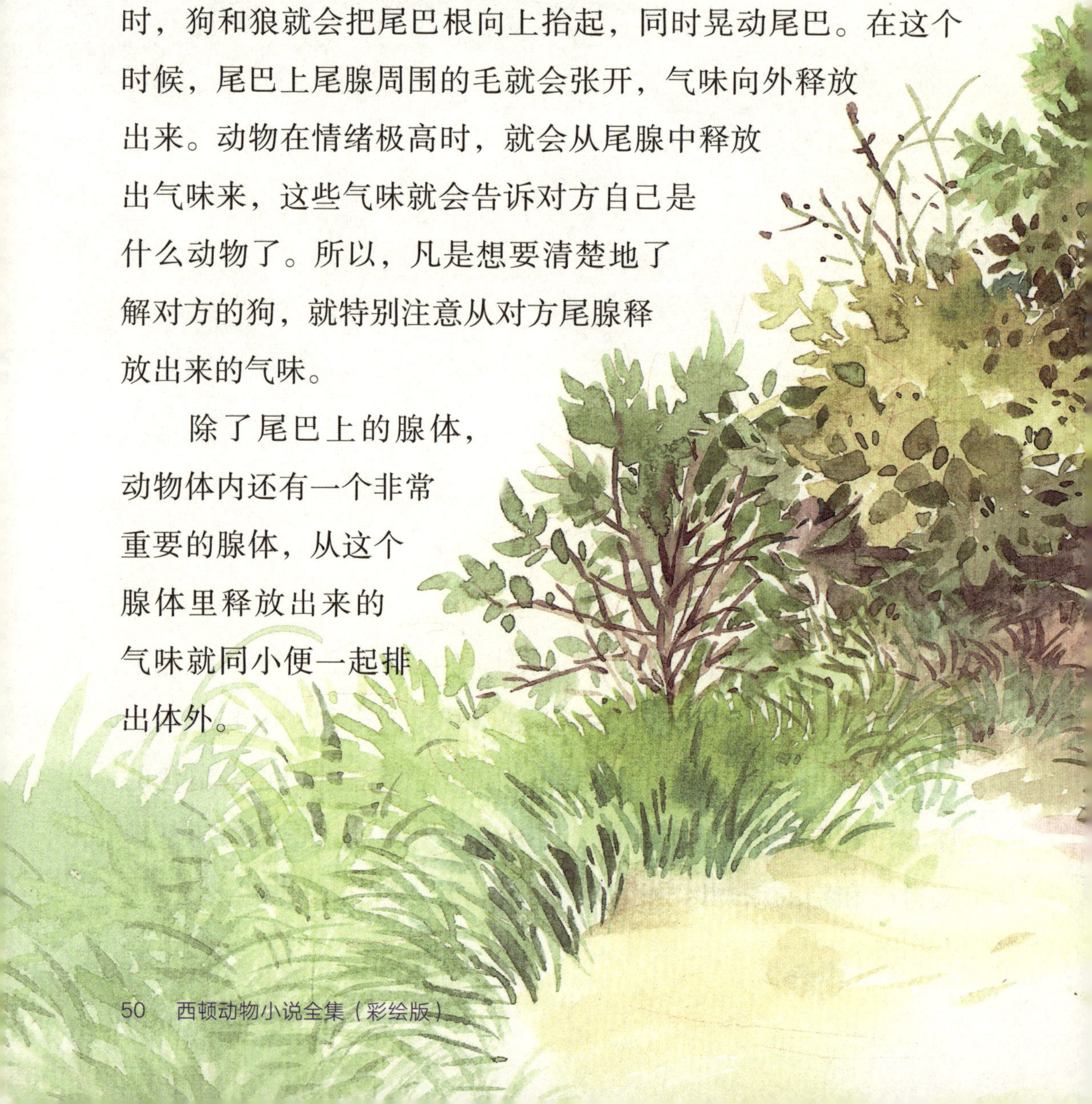

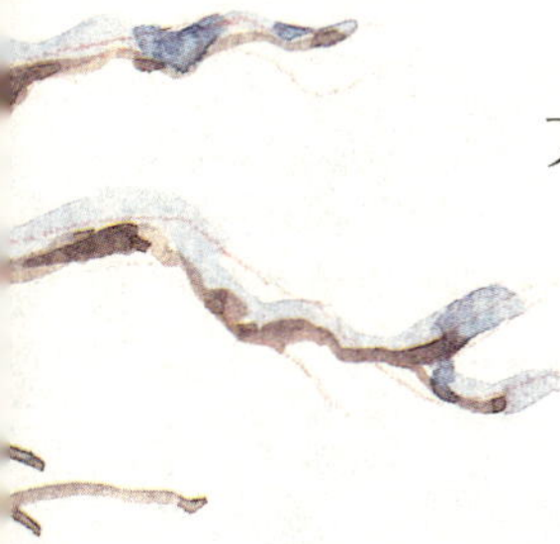

把这两种气味结合使用，动物们就很容易让对方知道自己是谁了。并且，自己此时此刻的感觉和身体状况，在何时、何地、要到哪里去等等都被这两种气味记录下来了。

因此，当狼和狗发现了记录着气味的石头或是树木，只要嗅一嗅，马上就能掌握是谁留下的、它的基本状况等种种信息；并且，它们根据气味的强烈程度，还能判断出那气味是什么时候留下的。

二　遵守规则

这一点与人类社会中传递信息的方式有所不同。在信息还不发达的时代，人们往往把自己的情况写在笔记本上。

而那种气味信息，则在大自然中随处可见。

在平原、山谷、树林、岩石，还有那些断壁、残留的木桩上都会留有动物的气味。就连腐烂的野牛头骨上，有时也会成为动物留存气味的地方。

不管是寻找食物的狼，还是正在旅途中的狼，它们都会停下来，闻一闻残留在那里的气味。这如同一位进行长途旅行的人，在途中的驿站里停下来，看看到过那里的人留下的记录，然后再写下自己的名字和情况一样。

如果是一只饥饿的狼，当它来到留下气味信息的地点，只

要闻上一闻，判断出这是一只吃饱了肚子的狼留下来的气味，饥饿的狼就知道该到哪里去觅食了，那只吃饱了的狼留下来的气味信息里面就已经告诉它了。

除了以上这些，有时在留下气味信息的地点也会留下敌人的气味。每当这种情况出现，刚到来的这只狼就会呜呜地叫着，脊背上的毛也跟着竖起来，它的爪子也会在地面上使劲抓挠，表现出情绪非常不安。

另外，如果留下气味信息的地点留下了母狼的气味，公

狼只要嗅一下，立刻就会变得兴奋异常，从而把这里记录着的其他动物残留的气味一下子全都忽略了，包括敌人的。

就算是已经被人类驯化了的狗，它也仍然和自己的祖先一样，保持着这种本能。你是不是经常看到宠物狗常常在街上的电线杆旁边嗅个不停呢？

其实，不管是摇尾巴，还是闻气味，这些都是动物的习性，这些习性都是与生俱来的。

就比如，狗在夜里睡觉的时候，一定要找一个能够遮风挡雨的舒适的地方。找到后它还会在原地转上三圈，仔细检查一遍，才能放松身体慢慢地躺下。

狼也是一样。狼在睡觉的时候，一般都会把小石块、小木棍扒拉到一边去，把它的“床”弄得平平整整后，才会舒舒服服地开始睡觉。

野生的狗睡觉时会先趴下，然后再把它那毛茸茸的大尾巴盖在鼻子和爪子前面，这样可以把身体不长毛和毛少的部位用尾巴盖住。家养的狗也采取这种方式。

迄今为止，在狼和狗的习性中，学者们还不能圆满解释的问题就是狗和狼为什么要对着月亮狂吠。

关于这个问题，我想也许只是因为月夜对它们来说是个狩猎的好时机。所谓月夜里的狂吠，不过是它们在唱着狩猎前的歌曲罢了。

可是，为什么狗一听到音乐就会狂吠呢?

其实，狗并不讨厌音乐，如果它们讨厌音乐的话，就可以跑到远离音乐的地方躲避起来。我想，狗是要用狂吠来全力参与到音乐的演奏中。

狗的习性中还有一个现象至今没能揭晓谜底，那就是它们在动物腐烂的尸体上蹭自己的身体。

另外，狗非常喜欢腐烂发臭的鱼类散发出的那种臭不可闻的可怕气味，就连那些品种高贵、上等的狗也不例外。

其实，这是因为狗是嗅觉极其灵敏的动物，对于人类来说，闻到这种恶臭的气味根本就无法忍受，然而，这种恶心的臭味对于狗来说，却是与众不同的芬芳。

再比如，把数条蚯蚓装到一个瓶子里，一个多月后，瓶子里饿死腐烂的蚯蚓发出的那种令人恶心的气味就会释放出来，而狗和狼立刻就会被这种气味所吸引。

虽然没有像人类社会一样的成文法律，但是在动物界里，动物们也遵循着一些看不见的规则。

曾经有一次，我乘坐雪橇，带着爱斯基摩犬，就这个问题进行了有趣的实验。

共有五只爱斯基摩犬参与了实验，其中一只最小的爱斯基摩犬，因为惧怕那几只大狗，所以它总是和伙伴们分开，躲着大狗们。

一天，当这只小狗独自在帐篷里的时候，我给了它许多食物，它好好儿地吃了一顿肉，还啃

了一根大骨头。吃完之后，它冒着雨叼着那根骨头，走到帐篷对面一百多米远的沼泽地附近。

它停下来，在地上挖了一个小坑，把这根骨头放在了小坑里，又用鼻子把土拱在一起，堆在了骨头上面，就这样把骨头埋了起来。它还用爪子在土堆上面踩踏，把土踩实，最

后还不忘在上面撒上一泡尿。就这样，它在埋骨头的地方留下了自己的气息，留下了财产归属的记号，表明“这东西是我的”。

过了一会儿，好斗的狗群首领回来了，它那嗅觉灵敏的鼻子马上就闻出了附近有美味，然后就抽动着鼻子循着气味跑了出去，渐渐地就接近了刚才那只小狗埋骨头的地方。

此刻，那只小狗就在附近隐藏着，观察着大狗的动向，显得焦急万分。

狗群首领来到距离埋骨头地点十米左右的地方，马上就要发现那根骨头了。

这时，小狗就慌慌张张地从藏身之处冲了出来。它跑到了埋藏骨头的地方，站到了上面，朝着首领龇牙瞪眼，而且此时它身上的毛已经愤怒地竖立起来了。

虽然这只小狗一向非常惧怕首领，可是现在它却勇敢地面对着首领，呜呜的叫声像是在说："这是我埋的骨头，是属于我的，这里还有我的记号呢，不许你偷吃，除非你先吃了我！"

首领把头高高扬起，发出一阵让人害怕的吠叫声，同时它还用爪子在地上抓挠着，像是在摩拳擦掌，叫声像是在说：

“哼！谁稀罕呀！你还能有什么好吃的骨头？”

然后，首领就从那里慢慢走开了。

通过这个简单的实验，我明白了，在狗群当中，即使是凶悍好斗的大狗，也不会抢占弱小同类的财产。这就是狗的世界里全都遵守的规则，这规则就像人类社会的法律一样具有约束力。

三　残留的祖先痕迹

狗的世界里的规则和狼的世界里的规则是差不多的。其实，人类驯化的动物多多少少都保留了一些它们祖先身上的特征。

比如，人类驯养的绵羊的祖先，是生活在古老亚洲土地上的野生绵羊。

这些野生绵羊的皮毛，最外面是硬毛，硬毛下面才是暖和、柔软的羊绒。当初人类先是将这种野生绵羊驯养成家养的绵羊，然后再慢慢从家养绵羊身上剪下柔软的羊毛来。从毛发的特点看，现在家养的绵羊仍然和自己的祖先有着很大的相似性。

此外，野生绵羊生活在平整的高地。每到交配季节，公羊都会在相距十五米左右的位置上彼此敌视着，然后奔跑，

再把前半身高高抬起，用尽全身力气相互撞击头部。所以，野生绵羊才具有那种大大的角和粗壮的脖子。因为野生绵羊生活在山区，为争夺配偶需要争斗，它们常常用后腿站立，头上的角与角互相碰撞，都力图把对手推下山去，所以，慢慢地，绵羊的角就变得弯弯的，而且断打的能力非常强大。这一点，我们也常常能在家养绵羊或者山羊的身上看到。

再比如，人类饲养的牛也有其祖先野生牛身上的很多特征。

野生的牛群一旦遭遇狼的袭击，总是在一起忠诚地守护着同伴。但是当同伴中有谁受伤时，其他没有受伤的牛就会一起去驱赶那头受伤的牛，让它离开牛群，连一点点怜悯之心都没有。

清除掉受伤的牛，牛群就没有了拖累，才会有更多机会逃脱猛兽的袭击。这样做虽然很残酷，但是我们也应该明白，

受了伤的牛身体已经变得非常虚弱了，如果仍让它留在牛群中，就会被敌人盯上，以致所有的敌人聚集起来围攻它，这样下去，没有受伤的牛就会很危险。对待受伤的牛这种做法有时候也可以从家养的牛群中看到。

还有，母牛在生下小牛犊时，一看到狗就会非常害怕。这是因为很早以前，在牛还是野生动物的时代，只要狼盯上了小牛犊，往往就会连累到整个牛群。

另外，公牛闻到同伴身上的血腥气味就会发抖。这是因为，这血腥味唤起了它脑海中残存的记忆。在很早以前，它的同伴受到狼的袭击，它就必须为了守护牛群去战斗，而战斗就会流血。

现在家养的动物和它们的野生祖先都存在着或多或少的相似性，那么，和野生祖先最相似的是哪种动物呢？

我想，还是要数家猫最能显露出祖先的本性。

家猫的脸庞虽然不大，但仍然是老虎的模样；身上的毛皮一般都是灰色的底子上点缀着一些黄色的小斑点；尾巴上也往往带有黑色的条纹。

有人曾经告诉我，普通的家猫完全野化后也会长成野猫的样子。

不过，猫的习性到了现在还是有一些变化的，那就是猫的尾巴尖儿总是来回摆动。

猫要袭击鸟或老鼠的时候，它的尾巴还是会摆动。按常理说，这个时候全身应该保持静止，避免弄出一点儿动静才对。

其实，这和狗摇尾巴有着相同的作用，那就是向同类发出信号。

猫狩猎时，当附近又有别的猫出现的时候，先到的这只猫就躲在草丛里，摆动尾巴提醒同类。

而后来的那只猫，在看到草丛中的动物打算扑上去的时候，一看到摆动的尾巴，它就会马上明白一点：“哦……原来有朋友先我一步啊！”

当然了，猫摆动尾巴发信号的动作，对于要被捕捉的鸟

或老鼠来说，因为从它们那个方向无法看到猫的身体，所以它们根本看不到猫的尾巴尖儿在动。

再比如，由与狼对抗的亚洲马和与狮子对抗的非洲马演化而来的现代马，它们的身上也保留了各自祖先的特点。

亚洲马敢同狼作战，绝不逃跑；非洲马却因为不可能战胜狮子，所以只会逃跑。

这样，在现代家养的马匹中，就能够看到这两种属性的马身上的那种复杂反应了。比如，原本能够勇敢作战却跑得不快的马会因为胆怯，马上就变成了奔跑速度特别快的马。

马是擅长奔跑的动物，所以它的脚趾进化成了一个，形成了一个大蹄子，如果钉上马掌的话，就会呈现出“U”形，因为只有这样的蹄子，才能在地面上轻松而快速地奔跑。

而猪和牛的蹄子，是因为常常在沼泽地等地面上行走而慢慢形成的，所以它们的蹄子是宽阔的，并且是分叉的。

牛非常喜欢沼泽地这种地面，善于奔跑的马在沼泽面前却变得裹足不前。如果行走的路可以由自己选择的话，那么马一定会选择平坦的路，牛一定会选择沼泽地。

人类饲养的鸟身上也残留着祖先的一些野性。

鸟特别爱建鸟巢。只要把不同的鸟隔离开喂养，它们就会在人类不容易察觉的地方筑巢。

家鸽在建筑物上筑巢，却不在树上，这是因为鸽子的祖先是在悬崖和岩石上筑巢的。

已经驯化成家畜的动物，它们也许会变得非常温顺，但身上也还是会残留着野生祖先的痕迹。现在，这种动物还有很多。

四　人类的祖先

那么，你知道我们人类究竟在哪些方面还保留

着自己祖先的特征吗？

人类的变化是最有趣的，看看我们人的身体就明白了。

比如，人的脑袋上长着柔软的毛发，还有柔软的头皮，可是身体的皮肤处却只有皮而没有毛（汗毛除外）；身上虽然长着四肢，但走路或跑步的时候却只用两条腿；虽然长着牙齿，却没有利于作战用的獠牙；虽然长着指甲，却没有尖利的爪子……

那么，人类的祖先——那些“野生时代人类”的生活究竟是什么样的呢？在现代人类的身上还残存着哪些野生的习性呢？这些野生的习性又会以什么形式表现出来呢？

还有，人类为什么跑不过猎豹，但却能发明速度远远超过猎豹的汽车？为什么不能飞翔，却能发明像鸟儿一样自由翱翔在天空的飞机？为什么不能深潜到水下，却能发明像鱼一样畅游水中的船舰？为什么看上去很温和的人类，有时候却能做出凶猛甚至让人害怕的事情来？……

让我们穿越时空隧道，回到人类生活的远古时代吧。

在一望无际的大海边，生长着一片茂密葱茏的森林。穿过这片森林，可以看到一个有陡峭的悬崖和嶙峋岩石的高高山丘，山丘的高处有个山洞。

这时正是冬季，寒冷的海风吹着，在海边的背阴处还漂浮着一些大冰块。

当早晨的太阳把山丘照亮的时候，从山洞里走出来一个赤裸着身体的女人。接着从山洞里又走出来两个五岁到十岁大的孩子，他们是这个赤裸着身子的母亲的孩子。

母亲回头问："孩子们，你们想吃些什么？"

两个孩子的肚子早已饿了，其中一个从旁边的岩石上取下来一个用马皮做的篮子，抓起一块东西塞进嘴里，边走边嚼。

母亲一下子从那个孩子手里把篮子夺下来，并且打了那个孩子两个耳光。

"哇——哇——"

孩子哭起来，母亲却根本不理会，只是朝篮子里看。

那个篮子，是孩子的父亲杀死了一匹马后，用马皮做成的。可是孩子的父亲现在却不知到哪里去了，他已经好几个月没回来了，也许是死在了什么地方吧。

在洞穴的各个角落里，能吃的东西一点儿都没有了。若是篮子里的一点儿东西再被孩子吃掉，全家人就真的要断粮了。

母亲和孩子已经饿得无法再忍受下去了。山丘周围虽然有许多动物，但那些都是大家伙，非常强壮，逃跑的速度又快，根本无法捉住它们。现在正是冬天快要过去的时候，既没有野生的水果，也看不到鸟蛋，甚至看不到有什么新生的东西。

不过母亲凭经验就知道在哪里能找到食物——在海边。此前，母亲和她的同伴们已经多次去过海边并且找到了食物。

母亲提着篮子，对孩子们说："跟着我。依照我的走法跟在后面，千万不要落下！"

母子三人从洞穴外面的岩石堆上下来。在陡峭悬崖的斜坡上有台阶似的一个个小台子，他们沿着台阶向下走，尽管从岩石上下来的路非常难走。

他们从岩石上一下来，就看到远处有许多大动物的身影在晃动。原来那是马群，并不可怕。不过，他们能清楚地看到在远处的森林边隐约晃动的灰色动物——狼。母亲手里拿着一根粗粗的大木棒，那个十岁的孩子也和母亲一样，手里拿着粗木棒，五岁的孩子手里拿的则是石头。

母亲马上就在那里站住了，她警惕地观察四周的动静，尽管听到狼的叫声还在远处，但也还是小心为好。

“千万要跟着我，要踩着我的脚印走！”

母亲说了句与刚才大致相同的话。

母亲走着，孩子们跟在母亲身后。森林里，到处都是横七竖八躺倒在地的树，母亲带着孩子们就走在这些躺倒的树干上。在那些树干上行走非常不容易，因为在树上很难保持身体的平衡。

但是，在这些躺倒在地的树干上走是安全的，因为森林里有人类设置的捕捉猎物的陷阱，在树干上走，就可以避免触动陷阱的机关。

孩子们刚想走其他的路，他们的母亲就马上非常严厉地呵斥：“别乱动，跟着妈妈走！”

母亲对孩子们严厉要求还有一个原因，那就是在森林里非常容易迷路。而迷路后，遭遇到袭击是经常发生的事情。母子三人穿过森林，来到了海边。海水在拍打着礁石。

“孩子们，跟着妈妈的脚印走！”

母亲又对孩子们说，这是因为要注意在海边可能遇到的意外——以前到这里来的人曾经发生过在岩石上滑倒而摔断腿的事情。在那个时代，摔断腿就意味着死亡，因为在那个时代根本没有治疗骨伤的医生和药物。

礁石背阴面的低洼处积聚着一些海水，有些地方甚至还很深。海水拍打着礁石，冰块在海水里咯吱咯吱作响。在这样的地方，母亲同样会告诉自己的孩子们注意脚下，把脚踩到冰块上，避免用很大的劲儿，因为那样特别容易因冰块破碎而滑到海水里去。

礁石上面粘着一些海洋贝类，母亲领着孩子们来到了有黑礁石的地方，他们把海贝从礁石上取下来吃掉。

周围的海水里还有很多鱼，只要用木棒子在水面上拍打一下，就能拍出很多鱼来。

母亲和孩子们吃得饱饱的，并且将篮子也装得满满的。在潮汐淹没来时路以前，他们就开始往回走了。

母亲和孩子们站在滑溜溜并且晃动着的浮冰上，冰块轻飘飘的。他们非常熟练地从海边返回到茂密的森林里。

这个时候，太阳已经落下去了。森林里狼的嗥叫声开始在周围回响。听到狼的叫声，母亲才紧张地发现那个大一些的孩子已经不见了踪影。刚才大孩子说要抄近道，然后就和母亲分开了。这之后就再没见到那个孩子的身影。

“跟着妈妈的脚步走！”

母亲仍然这样对那个小一些的孩子说，他们从森林里穿

过，回到居住的洞穴所在的山丘。母亲爬上悬崖，回到了洞穴，先睡上一觉，等睡醒了睁开眼睛再吃东西，吃完再睡，一直到食物吃没了，才会再从山丘上下来，寻找吃的东西。

母亲同孩子们日复一日地做着相同的事情。

于是，孩子们渐渐记得：

“一定要紧跟在向导的身后！”

“一定要在躺倒的树干上走！”

“冰块断裂了，就不要把脚放上去！”

“太阳落山以后，就老老实实地待在家里不出去！”

……

现在，你只要仔细观察一下放学回家的孩子们，就会发现：孩子们一看见路旁有粗粗的水管子，就会跑到水管子上面走。不仅是粗的水管子，还有水里的石头、矮矮的围墙……他们都会跳上去走一走。

不用谁告诉，孩子们都知道应该小心地把脚放在铺路石上，这就类似于远古时期的人类在岩石上或者是冰面上小心翼翼行走时的状态。

为了防止走失，要紧跟在领路人的身后排成一列。

现在的小孩子们懂得这样做，并不是成年人传授给他们的，似乎他们天生就懂得这些。

害怕黑暗，这也是人类对远古生活的记忆。人类在黑暗的夜色里，眼睛看不清楚。夜色

中，有无数令人恐惧的猛兽正等着狩猎。

远古时期，经常发生野兽把人全部吃掉的骇人听闻的事件。所以，在远古时代，人类就渐渐地懂得了“天黑了就不能到外面去”的道理。

面对恐惧，我们会颤抖，这是因为我们的祖先知道，在外面黑暗的世界里，会有许多他们无法预料的可怕的东西出现。那个时候的野兽对于人类来说还是过于强大了。不管是爬到树上去躲避，还是钻进洞穴里，人们都会因为惧怕而颤抖。

直到后来，人类发现了一位了不起的伙伴——火！

最初的火，人类并不能控制。它是在大自然中产生的，比如，天空中的闪电落下来，使森林燃烧；暴风刮起的时候，树木相互摩擦，山野间也会自然起火。

野火会把森林里的树木烧着，野兽们会被野火赶出森林，无情的野火也会把人类在森林中的住处烧掉。

野火又是温暖的，尤其是在寒冷的时候。人类开始围着它取暖。

可是，火，对于人类来说仍然是个谜。

它为什么有时候令人恐惧，有时候又让人感到温暖？为什么有时它听从人类的支配，而有时人类却又驾驭不了它？

人类感激火这种东西，因为自从有了它，野兽就不敢靠近了。并且，在寒冷的时候，火能让人类的身体感到暖和。

怎样做才能不让野火肆虐，又能把它留在身边呢？那个时候，人们会选出自己群体当中最聪明的老人来做火的看护人。在看护火的过程中，老人教给人们使用火的方法，于是他得到了众人的尊重。

人类得到了火的恩惠，夜里就不必爬到树上躲避野兽了。可即便是这样，人类还是不能在夜里出去狩猎，因为洞穴的外面是黑的，并且还有在黑暗中徘徊的野兽。

人类在夜晚可以燃起火，把周围照亮。人们就都朝火堆围拢过来，相互交谈，玩着游戏，这就是人类社交活动的开始。

这些不灭的火种都是人们从自然界的野火中保存下来的，它需要人们小心地看护，否则很容易就会熄灭，再找到就不是一件容易的事情了。

太阳明亮而温暖，渐渐地，人类又注意到了天空中的太阳。

火和太阳都充满了神秘感，人们注意到这两个东西背后孕育着更多的秘密，因此开始相信世界上存在着具有强大力量的“神灵”。崇拜火、崇拜太阳的观念就慢慢形成了。今天，在各种祭坛上都供奉着火，可以说就是从远古时代的人类崇拜野火演化来的。

现在的人们喜欢篝火的原因，可能是在人类的记忆里还有着远古时候的人类在夜里聚集在火堆旁的那种愉快的心情吧。

人类喜欢明亮，喜欢白昼，喜欢火，但人类惧怕黑暗并不意味着胆小和懦弱，而是因为在黑暗之中，能够唤起人们对人类祖先在远古时代的那种对野兽的恐惧记忆。